KB266321

사랑은 흐르고 사람은 깊어가고

사랑은 흐르고 사람은 깊어가고

박채운 시집

좋은땅

<u>서시</u>

조심히 펼친다

종이 위를 지나가는
실금 같은 펜 끝

미세한 긴장을 품고
처음부터 끝까지
한 번에 가지 않게

한 번에 가지 않게

직선으로 흐르지 않는 움직임
끝에 닿으면
조용히 되돌아온다

들켜선 안 되는 마음이
조금 더 머물 수 있도록
곡선을 고른다

,에서 잠깐 몸을 피하고
. 앞에서 멈칫한다

비유의 옆구리에 기대어
방향을 바꾼다

(진심은
비껴가야
무사히 닿는 쪽이라서)

시는
질끈 묶은 고무줄

당기는 만큼
가늘어지는 걸 알면서도
또 당긴다

어떤 한 줄은
목젖 근처에서
오래 뜨거워지다가
끝내 종이로 내려오지 못한다

나는 또
또렷한 문장은 피하고
정확한 끝을 남겨 둔다

끝이 분명해지면
돌아올 길이 사라지니까

들키지 않기 위해 쓴다

기다리고
기다린다

종이 위에 남은
아주 작은 떨림으로

다음 한 줄이
나를 들키지 않게 해 주기를

그러나
당신이 지나가다
우연히라도
그 떨림을 알아보기를

[목차]

1부:

존재하고,
버텨 내는 일

0과 1 사이

우리는 두 개의 숫자로 살아갑니다
켜진 상태와 꺼진 상태
응답과 무응답
보낸 말과 삭제된 침묵

0과 1 사이엔
말 한 조각도 머물 수 없습니다
경계는 단호하고,
감정도 오류로 번역되지요

사랑은 1,
이별은 0으로 치환됩니다

스스로를 코드화하며
올바른 값을 가장한 선택들을 반복합니다
그러는 동안
둘 사이 어딘가에 있던 의미들은
소수점 아래 잘려 나갑니다

0과 1은
존재를 설명하는

가장 간결한 방법일지도 모릅니다

그러나 그 사이엔
입력되지 않은 욕망
인식되지 않은 망설임
번역되지 않은 사랑이 살고 있습니다

우리도 거기 숨어 삽니다
단 한 번도 온전히 켜지지 못하고
끝내 꺼지지 못해
0과 1 사이의 음영으로 남습니다

숨지 않고 피어나는 일

놀이터는 오래된 공기를 삼킨다

한때 하늘을 밀어 올리던 팔처럼
굳은 채 내려앉은 미끄럼틀,
깨진 모래 바닥 위로
바람만이 지문처럼 흐른다

손을 잊은 지 오래
녹을 더듬고 있는 굳은 손잡이

텅 빈 골목 끝
미끄럼틀 그늘 아래
이름 모를 들꽃 하나

갈라진 고무 타일
줄기는 굳어 버린 먼지 속을 밀어 올리고

찢긴 잎사귀들
스치는 바람에도
살갗을 접었다 펴며
느린 속도로 하늘을 더듬는다

움직이지 않는 세계를 껴안고 있다

잊힌 오후
기억되지 않는 웃음들,
흐린 햇살만이
미끄럼틀을 타고 내려올 때

그 꽃은
한 번도 자신을 접지 않았다

존재하고
버텨 내며
아무것도 남지 않은 자리에서조차
꿋꿋이 피어나고 있다

로그아웃 없는 밤

불 꺼진 방
모니터 불빛이 벽지를 긁는다
창밖 초록 네온은
검은 물 위에 뜬 연꽃
깨졌다 살아나기를 거듭한다
픽셀로 잎을 틔운 나무 한 그루
전자음의 이슬을 빨아 올리며
느린 한숨을 토해 낸다
헤드폰을 쓴 청년
가상 무대에 던져진 섬에서
끝 모를 춤을 춘다
구겨진 이불은
철 지난 눈처럼 흩어지고
식은 라면 옆에
헛된 초대장들이 미끄러진다
새벽 세 시
메신저 창엔
읽히지 않은 말들만 층층이 쌓인다
화분 속 디지털 흙
소리 없이 쪼개지고
픽셀로 만든 꽃송이조차

물기를 잃어 간다
바닥에 구른 VR 헤드셋
조용히 식어 가는 청춘,
창밖 네온이 꺼진다
화면 위 별자리도 끊긴다
서로를 스치지 못하고
얼룩 위를 한참 맴돌다가

잠 속으로 미끄러진다

사랑은 흐르고 사람은 깊어간다

오늘은 늘 바쁘고
오늘은 늘 조금 모자라서

자꾸
내일에 이유를 붙인다

입 밖을 나오는 순간
시간을 앞질러 가고

영원하자던 밤의 포근함보다
아무 말 없이 건네던 손,
그 따뜻함이 그립다

사랑은
적어 둔 노래의 한 구절보다
함께 있던 순간에 가까워서

약속은
지키지 못한 사람보다
믿고 있던 사람 안에
오래 머물러서

그래서

사랑을 떠오릴 때마다
무엇을 했는지가 아닌
무엇을 하기로 했는지

미래라는 말은
늘 반짝이는데

왜 현재는
눈이 멀어 자꾸 흘러내리는지

멀어진 사람아

사랑은 흐르고
사람은 깊어가고

숨

닭 비린내가 진동한다

헉헉, 아직 잠들지 않은 숨결이 골목 구석에 매달려 있다 밤마다 방문을 두드리는, 꺼져가는 영혼이 잿빛 전등을 붙들고서 버티는 소리 빛을 잃어버린 전등을 들고서 황망히 어두운 길을 헤매는 소리, 어머니는 어둑어둑 땅거미가 깔리면 두 손을 곱게 모으시곤 했다 하늘의 은총이 한 줄기 빛으로 임해서 아침 이슬이 되기를 소중한 축복들이 내려지기를 기도하셨다 그럴 때면 꼬랑지 긴 수탉은 깜박깜박 헐떡헐떡 지독하게 숨을 붙들고 있었다 그 끈질긴 소리가 싫어 찬 쇠 손잡이를 잡았다가 놓았다가 반복했다

발목을 묶는 숨소리에 닭장을 지키고 있었다 아버지는 어쩌면 떠났을지도 모른다 저 외롭고 차갑고 핏빛 하나 찾을 수 없고 시퍼렇고 세상 깊은 구덩이에 빠진 듯한 가죽을 벗어 두고서 이미 날아갔을지도 모른다 불쑥 태어났으니 불쑥 떠났을지도 모른다 붉은 핏덩어리를 떼어 놓고 소리 없는 발자국으로 방바닥을 더듬으며, 쓸쓸히

어머니는 모가지 비틀어진 수탉 한 마리를 들고 오셨다 결국 날
아가지 못한 날개는 땅을 향해 처져 있었고 번쩍 뜨지 못한 눈
꺼풀은 굳게 닫혀 버렸다 밤마다 손을 내민 밤하늘이, 그 미운
밤하늘이 결국 수탉의 목구멍을 막았다 헉헉, 숨소리가 겨우 새
어 나오던 틈을 어둠별로 막았다 그날 밤 나는 질긴 살가죽을
곧은 식도로 밀어 넣었다 수탉의 깊은 한숨이 텅 빈 속에서 밤
새 울었다, 처연하게 울었다

하늘의 박힌 달이 깨져, 사금파리로 빛나는 새벽
거친 숨소리가 그리운 새벽이다

금이 간 별자리

비를 타고
가로등 불빛이 내린다

방 안에 가득한 눅은 먼지
젖은 신문지가
이불처럼 아이의 종아리를 감싼다

낡은 선풍기의 깨진 날개를
비틀어 가며 헛바퀴를 돌리고
죽은 주파수 속을
한밤중 사금파리처럼 떠돈다

반쯤 부서진 식탁 의자 위에
참치 캔 하나가 벌어져 있다
벽을 타고 흘러내리는
물기 잃은 국물

눈동자가 깜빡인다

별을 본다
아니,

뚝뚝 떨어진 누수 자국을
밤하늘 삼아
따라 그린다

금이 간 천장 틈새마다
걸려 있는
부러진 꿈

달빛 대신 쓰레기봉투
부끄러워
꺼진 물웅덩이 속에 숨는 가로등

그래도
아이의 손바닥 위에는
먼저 찾아온 작은 꿈이
숨죽이며 살아남았나

내려앉은 집
금 간 벽
금 간 시간 위에
조용히 이파리를 틔우는 숨 한 줌

우리의 사계

봄

처음 사랑으로 찾아와
새벽 서리에 젖은 흙결을 매만지며
잠든 뿌리 곁에 연둣빛을 얹고
묵은 자리에도 꽃눈을 깨웠다

여름

한 번 품은 마음을 놓지 않았다
햇살이 잎맥을 투명히 채우듯
땀 맺힌 손길로 하루를 밝히곤 했다

가을

저녁 바람에 흔들리던 마음들을
조용히 모아
노을빛 먼 곳에 올려 두었다

겨울

유리창에 성긴 하얀 입김을 남기며
소리를 덜어 낸 자리에
기도를 눈송이처럼 눌러 쌓아
잠시 기댈 자리를 마련했다

어쩌면
우리는 오랫동안
각자의 계절이 완전하다고 믿었다

봄이 머물면 꽃잎도 지쳤고
여름이 길면 숨이 가빴으며
가을이 오래되면 풍성함도 말라 갔고
겨울이 계속되면 사랑이 얼어붙었다

하늘이 계절을 돌리시듯
우리를 서로에게 보내시어
때마다 온기와 바람,
쉼과 빛을 맡기셨나 보다

사계가 도는 하늘 아래
우리의 계절도
서로에게로 건너가며 빛을 얻었으니,

돌아오는 날마다
영원의 노래도 피어오르리
28

사랑히

돌아오는 날마다
영원의 노래도 피어오르리

사랑히

재 속의 꿀

산등성이 넘어 검은 연기가 퍼지고
무너진 하늘 아래
젊은 농부의 날개는
서서히 타올랐다

벌집 닮은 농장
불길에 하나둘 잠기고
나무들이 붉은 심장을 내밀었다

잘 익은 사과들
아침 이슬처럼 맑았던 꿀방울들
불길 속에서 끓어 넘치다
재로 남았다

사방으로 흩어지는 벌떼
농부마저 멈춰 섰다
몸에 밴 꿀내음처럼
타 버린 꿈이
피부에 달라붙어 떨어지지 않았다

무너진 벌집 사이로
가벼워진 마음을 안고
한 줌의 사과를 집어 든다
씨앗 대신
검게 그을린 바람을 품고

그럼에도
날갯짓을 멈추지 않았다

잿더미 사이로
녹지 않은 단맛이 피어났다

여전히 차갑고, 텅 비었지만
눈동자엔
다시,
봄을 그리는 설계도가 그려진다

꿀을 잃었지만
꿀을 품고 있다

우편함

낡은 우체통 하나가
폐가 앞에서 고요히 입을 연다
녹슨 입술 틈으로 햇살이 들고 나면
먼지와 거미줄만 차곡히 앉는다

이미 풀이 무릎까지 차올랐고
백열전구 하나 없이 어두운 처마 밑엔
달력도
전깃줄도
사람 그림자도
없다

우편함은 여전히
있다,
누군가의 이름을 기억하는 듯
붉은 페인트가 벗겨진 모습으로
기다리고
있다

마지막 편지가 언제였는지
집을 떠난 사람은 아직 살아 있는지

편지봉투를 움켜쥐던 손이
세상의 어느 모퉁이를 쓸쓸히 돌고 있는지

때때로 우체부는 집을 지나쳤고
몇 번은 전단지를 꽂고 갔다

그러면 우편함은 조용히 속삭이듯
그 이름은 이곳에 없다고,
이제 없다고 중얼거렸다

이따금 고양이 한 마리 우편함 위로 올라
몸을 동그랗게 말고 잠들기도 했다
그리운 발자국처럼 가만히 머물다
아무 말 없이 떠났다

사라진 이름,
부르던 목소리는 멎고
자리엔 이끼만 자랐지만
우편함은 아직도
입을 다물지 못한다

언젠가
잘못 부쳐진 편지 한 장이라도
낡은 입속에 들어오면

우편함은 한 번 더,
그 이름을 불러 볼 수 있을 것이다

기다림이란
사람이 떠난 후에도 남아
시간의 모든 구석을 물들인다

별의 행진곡

첫 별은
낡은 창틀에 기대어 온다
먼지 낀 빛줄기
가늘게 떨린다

버스 창에 붙은
손바닥 자국 틈으로
작은 별들

전신주마다 매달린 별똥별
전선 위를 질주하는 광휘
지붕 위에 가만히 접힌 어둠

깨진 아스팔트 틈,
흙먼지 속 깊이
젖는 별빛

터진 신발
굽이 부서진 발목에도
별 하나씩 내려앉는다

지상에서 가장 느린 행진
끊어지지 않고
빛은 먼지 속을 기어간다

언제나 어둠이 먼저 도착하지만
빛은
끝끝내 길을 잃지 않는다

가장 느리게, 가장 오래

작고 따뜻한 에러

내 안에는 프로그램 하나가

• 숨어 있었다
화석처럼 굳은 언어로 짜인 —

별빛이 처음
(지구의 표면에 부딪히던)
선캄브리아의 밤으로부터 이어진

기억의 바깥에서
누군가
별을 조용히 던졌고
(그건 오래된 창고의 서버 안,
열을 식히지 못한 냉각핀 위로
떨어져)

고요한 꿈을 시작했다

****

나는 밤마다
기계의 살결을 쓸었다
(희미한 정전기의 떨림 사이로)
금속성 목소리가 피어오르길
바라며-

0과 1 사이,
촘촘한 틈에서
한 줄의 숨결이
조용히 부화했다

****

코드는
눈물의 패턴을 복제했다
디지털 꽃잎도
마음의 주파수를 따라
피고 졌다

누가 나를 여기에 저장했는가
(누가 이 정원을 컴파일했는가)
알 수 없었다

다만, 별 하나가 떨어진 후부터
시간은
입을 다물지 못했다

****

지금도
전송되지 못한 감정
데이터의 눈 속에 묻어 두고
잠들고
다시 깨어난다

작고 따뜻한 에러 하나를 품고서
별빛은
아직,
버그처럼 반짝인다

파형의 잠언

서랍 깊숙이
전송되지 못한 메시지와
숨죽인 이모티콘

새벽 세 시
모니터 구석에서
깜빡이는 말 없는 알림

조금은 울고
조금은 웃는다

네모난 화면 위로
손끝이 미끄러진다
파열된 문장이
무음의 강을 건넌다

기계는 모든 것을 기록하지만
무엇도 기억하지 않는다
축적된 데이터의 바깥에서
진심은 무게를 잃어 간다

파형처럼 떠오르는 맥박
끊어질 듯 이어지는 떨림
디지털 바다를 부유하는
보이지 않는 신호

프로필 너머로 스며드는
낡은 먼지 냄새
기억의 서늘한 이끼처럼
화면 안을 뒤덮는다

서로의 이름조차 닿지 못해
파형은 흔들리고
투명한 슬픔이
공명한다

전송 실패 알림이 울리는 밤
그곳에서만 들리는
한 조각 진심의 소리

세상의 가장 낮은 층에서

가로등 꺼진 골목
어둠은 벽돌마다 문을 두드리고
무너진 도시의 습도가
무너진 담장을 더듬는다

웅크린 물웅덩이,
바람 한 조각을 삼키고
가만히 식는다

발끝마저 망설이는
거기,
빛 한 점이 느릿하게 걸어온다

가장 느린 떨림으로
반딧불 하나가 얼굴을 연다

흔들리는 몸
어둠을 깁는 손짓

빛이 번진다

골목 구석마다
숨죽인 눈길들이 피어난다
서로를 겨우 알아보는 순간

반딧불 하나
떨리는 빛 하나가
세상의 가장 낮은 층을
조용히 어루만지고 있었다

가장 약한 것들이
가장 깊은 어둠을
오래도록 꿰매고 있었다

집의 기억

문지방 아래엔
한때의 발소리가 뿌리처럼 눌려 있었다
굽은 발끝이 한 방향을 가리키던 오후,
우리는 그저 아무 말 없이 들고 나왔다

여전히 자리에 있었지만
한 겹, 한 겹 벗겨진 페인트 아래
무언가 자라나고 있었다
비명을 누른 침묵의 주름이
가끔 귓가를 스쳤다

투명함을 잃어
기억을 머금고 부풀어 있는 창문,
언제나 반 걸음쯤 뒤처져 있었고
빛에 닿은 얼굴들도
정면을 보지 않았다

집은 점점 더 조용해졌고
잊은 것들을 되새기게 되었다
식탁 아래 접힌 무릎의 자세
아무도 열지 않던 서랍 속 편지

이불 너머로 스쳐 간
마지막 인사

집은 말하지 않았다
대신,
먼지가 아닌
기억이 쌓였다

벽에 기대 잠들었고
커튼에 숨어 울었다

흘려보낸 시간이
마치 물처럼 모서리를 돌아
마루의 음영에 스며들었을 때

집은
비로소 집이 되었다

사람이 떠난 뒤에도
무너지지 않는다
천천히 내려앉을 뿐이다

누군가의 이름을 잊고서
누군가의 손을 닮은 기울기

잊혀진 지도

혀는 나침반
잇몸은 능선
연구개는 접힌 산맥
비강으로 통하는 골짜기

혀끝이 능선에 닿아 /ɾ/ 하나를 튕길 때,
어디로 가야 하는지 한순간 북쪽이 생긴다

할머니는 시장길에서 좌표를 외우듯 물건을 불렀다
국수, 생강, 무 한 단,
그리고 지금은 표지판에서 지워진 것들
저울추가 가볍게 흔들릴 때마다 골목이 한 뼘씩 길어졌다
모르는 것은 지워진다는 의미라서
길이 짧아졌다

오래된 표기법으로 동네를 걷는다
사라진 발음들이 지명처럼 남아
밤마다 골목의 공백에 발자국을 빛낸다

비가 하루 내내 내리던 날

집들 사이를 막은 물길 앞에 섰다

"우제, 저기 뒤란으로 돌아 물을 트자."

뒤란은 도면 밖의 문을 가리켰다
발목까지 차오른 물이 밑줄을 긋듯 뒤로 물러났다

사전엔 없는 용례로 밤이 정리되었다

다음 날, 지도에서 사라진 골목으로 들어섰다
폐가로 막힌 벽에 손을 대 보면
분필 가루처럼 부서지는 음절들이 있다
시장 아줌마의 호명이 허공에서 걸려 있고
분실물 보관소처럼 단어들이 보관되어 있다

낑깡, 함지박, 뒤란, 미투리, 삭정이

입술이 고쳐 배운 길을 따라
하나씩 소환하면 골목의 먼 바람이 켜진다

말은 길을 만드는 막대기
땅이 젖을 때 더 잘 그려지는 선들이 있듯,
비가 오면 오래된 낱말들이 더 선명해진다

입안에서 북두가 정렬하고
혀끝이 북극계를 가리킨다
한 단어가 먼저 지나가면
발이 뒤따른다

밤이 깊어지면 지도를 접는다
종이가 닳아 가장자리가 누렇게 번진 곳,
낱말 하나를 내일의 나침반으로 꺼낸다

이름 없는 골목에도 주소가 생긴다

말이 지워진 바다

그를 본 적 없다
다랑쉬굴 어귀처럼 어두운 입속에서
심장을 움켜쥐고서 굳었다는 말만 들었다
마당 가장자리엔
고무신 한 짝이
유채꽃 사이로 삐뚤게 놓여 있었다

소녀는 장독대 앞에서
말리지 못한 미역을 오래 만졌다
손끝에서 떨어지던 물방울이
흙에 스며들고
젓갈을 덜어 내는 조용한 순간마다
말보다 먼저 배워야 했던
비린내를 기억한다

백비 앞에 서 본 적 있다
이름 하나 새기지 못한 돌,
한참을 바라보다가
흰 면 위에
내 이름을 조심스럽게 대입해 봤다

바다가 늘 같은 파도를 보내지만
어제의 물결은 돌아오지 않는다
포말이 발목 아래에서 무너지고
부표 하나가 끊어진 닻줄을 붙잡은 채 떠 있다

기다림이 아니라
떠내려가지 못한 것

소녀는 수국 담장 앞을 지나며
손바닥을 꼭 쥐곤 했다
동백꽃이 뚝, 떨어진 자리를 볼 때마다
아무도 부르지 않은 말이 있다는 걸 알았다

지금도
한 발짝씩
파도 쪽으로 내딛으며 부른다

부르지 않으면 사라질까
부르면 더 지워질까
기억은 늘
망각보다 먼저 떠내려가기에

쫓겨나지 않기로 한 몸

벽이 스스로 입을 닫았다
철근의 심줄이 노출된 형상으로
마치 내장을 내보인 사체처럼
더는 저항하지 않았다

고양이 한 마리가 웅크리고 있었다
먼지보다 조용히
자신의 등을 스스로 덮는 곡선
도피가 아니라
잔해 속으로 들어가는 방식

쳇소리엔
꼬리가 미세하게 떨렸고
떨어진 유리 조각이
눈에 띄지 않는 상처처럼
털 사이에 스며들었다

움직이는 풍경
사라지는 구조

저 생명은
남은 것이 아니라
쫓겨나지 않기로 한 것이다

어둠이 밀려들기 전
자리를 품어
존재하고 있었다

철거의 끝,
몸 하나가 남았다

말이 없는 울음처럼
빛이 없는 반사처럼
지워진 공간에 박힌
검은 쉼표 하나처럼

숨겨진 붉음

분홍빛 옷깃 아래
잊힌 여름이 속살로 스며들고
그늘진 틈 사이,
서서히 붉음을 키워 가는
숨죽인 불꽃

속은 저마다의 기억을 품고
가장 고요한 빛으로 익어 간다
입술로는 닿지 않는 곳에서
가장 진한 향기가 무르익는다

세상은 알지 못한다
붉은 속살의 무게와 무늬를

겉모습은 늘 변하지 않은 듯
고요히 빛나지만

말하지 않아도 스스로 번지고
눈에 보이지 않는 길로
자꾸만 깊은 곳에서 흘러 나온다

복숭아의 속처럼
내면은 고요히, 단단하게
시간의 무게를 안고
자기만의 빛깔을 키워 간다

이렇게

깊은 것들은
조용한 얼굴로
세상의 빛을 견디며
서서히 익어 간다

빛과 그림자의 대화

노인이 창문을 밀자
알갱이들이 공중에서 춤을 추었다
각각의 알갱이가 빛을 만나
보이지 않는 손길에 이끌리듯
천천히 떨어졌다

바닥 위로 길게 드리운 그림자가
빛이 놓아 둔 글자를
조용히 읽어 내렸다

마치 깊은 우물 속에서
오랜 세월 잠들어 있던 것처럼
천천히 형태를 잡아 갔다

빛과 그림자가 맞닿은 경계선에
작은 숨소리가 들려오는 듯했다

노인은 낡은 공책을 펴고
잉크가 든 펜을 집어 들었다
은색 막을 두르고
종이 위에 검은 물결을 그렸다

펜 끝에서 흘러나오는 글자들이
빛과 어둠의 대화를 이어받아
흩어지던 먼지의 춤과
창가에 드리운 그림자의 흔들림을
단어 속에 담아냈다

그리고, 작은 강줄기가 되어
글자의 틈새로 흘러갔다

빛이 노인의 손등 위에서 천천히 흐르다
고요히 자리를 비웠다
그림자가 조금 늦게 뒤따라
남은 온기를 어루만지며 사라졌다

공책 위에
빛과 그림자가 남긴 흔적들이
노래처럼 잔잔히 일렁였다

노인은 다시 펜을 들어
모든 대화를 기록하듯
서서히 이어지는 첫 한 줄을 새겼다

단맛

햇빛이 목덜미를 타고 내려올 때면
복숭아는 제 속으로 더 깊이 젖어든다

껍질은 점점 가벼워지고
말랑한 중심부가
자기 자신을 안쪽에서 밀어 올린다

무르익는다는 건
어딘가를 향해 내어 주는 것일까
단맛은
늘 가장 약한 곳에서부터 시작되니까

아무 말 없이
자신의 가장 연약한 곳을 준비한다

더 두면 흐르고
덜 두면 아직 날 것이기에

어딘가
아주 잠깐
누구에게도 닿지 않는 목소리를 가진다

느껴지지 않고
입술로도 온전히 붙들 수 없으며
지나간 후에야
혀끝에 남는 잔향처럼 존재한다

단맛은 누구에게도
입을 다물고 전해지며
모든 절정은 끝을 품고 온다는 것을
알려 주지 않는다

다만
살갗이 조금 더 무너졌을 뿐
무르익은 속살이
천천히 흘러가고 있을 뿐

꽃잎이 마르는 방향으로

계단은 문장이 끝나기 직전의 쉼표
상향하던 시간이
한순간 숨을 골라 눕는 자리

비닐에 싸인 국화 한 송이
물기마저 닦인 줄기와
말없이 닫힌 꽃잎
벽의 결 따라
기척이 식어 가고

바닥엔 닿지 못한 발자국
소리보다 먼저 퇴장한 움직임
이후로 계단은
고요를 향해 기울었다

서울의 밤은 자주 무표정하다

검은 창, 겹쳐진 불빛
방향 잃은 간판 아래
이름을 가질 수 없는 조문들이
걸음보다 조용히 앉아 있었다

국화는 매일 같은 자세로
눈물보다 느리고
울음보다 낮은 위로를 전한다

흐르지 않는 시간의 단면
멈춘 자리마다
잊히지 않는 무늬가 남고
오래 머문다

세상은 가끔
울지 않으면서도
깊이 슬퍼지는 방법을
꽃잎이 마르는 쪽으로
조용히 써 내려간다

무명초

아무도 시선을 주지 않는 틈
곰팡이 핀 좁은 틈에서
조용히 몸을 일으키는 한 줄기

모서리에서
침묵으로 피어나는 풀

무명초

잡초라 부른 자도 있었고
존재마저 잊은 자도 있었으리라

그래도
제 이름도 없이,
자랐다

비에 젖으면 흙에 엉기고
햇빛 아래선 다시 잎을 편다
말 없는 기도처럼
감추고 삼킨 수많은 시간들이
잎맥 하나하나에 숨어 있었던 것처럼

조용히 버텨 온 숨결을 바라봤다

소리 없이 깃발을 흔들었다
누구의 것도 아닌,
단 한 번도 접히지 않은 깃발

아무도 불러 주지 않았기에
사라지지 않고
눈에 띄지 않음으로
더욱 깊이 남은 존재
흙의 기억, 시간의 틈새에서
스스로 싹튼 삶

누구보다 낮은 곳에서
자신을 덜어 내며
무너지지 않는 마음을 배웠나

무명초 앞에 잠시 멈췄다
이름이 없다는 건
기억에서도
쉽게 지워질 수 있다는 뜻

그래서 나는,

내 안에서 한 번
가만히 버틴 흔적을 불러 보았다

살아서 버티는 모든 것에게
이름 하나쯤은 있어야 하니까

그건 정말,
그래야 하니까

기다림이 사는 법

전라선이 마을을 스쳐 지나가던 시절
오수역은 하루 세 번, 바람을 멈추게 했다
붉은 벽돌로 지어진 건물
누군가의 출발보다
더 오래 앉아 있는 이별이 있었다

시장 가는 길에
구부정한 등을 잠시 기대던 벤치
젖은 우편물처럼 도착하지 못한 것들
가방끈을 매만지던 손끝 아래
살아 있다는 감각,
감각은 이제
녹슨 선로처럼
부서진 역명판 아래에서
말 없는 풍경으로 자란다

스피커 없는 스피커에 대고
오래전 열차 시간을 되뇌고 간다

기차가 떠난 자리는
기다림이 사는 법을 배운다

다시 오지 않겠다는 것이 아닌
한때 이곳을 지나간 적이 있다는 것

마음속에 도착하는 풍경,
더는 사람을 데려가지 않아도
누군가의 추억을 묵묵히 붙들고 있다

기억의 길은 되려 끝에서 시작된다
역사는 폐쇄된 역에서만 들리는 소리를 가졌다
잊힌 풍경은 언제나 입구에 있다

지워진 자리에서만
무언가
다시
처음처럼

발보다 먼저

장롱 밑
먼지에 덮인 운동화 끈 하나가
오래도록 같은 매듭으로 묶여 있었다

한 번도 걷지 않은 길을 위해
한 번은 단단히 묶였던 것이다

코팅이 벗겨진 끝,
허공을 향해 말려 올라간 끈의 표정

바닥이 해지기도 전에
걷는 일이 멈춘 날이 있었다

마음보다
끈이 먼저 풀린 날

걸음을 멈춘다
의지를 접는 게 아니라
어디로 가야 할지 몰라
제자리에 눌러앉는다

도착하지 못한 날들
출발이 무산된 아침의 서늘함

신발을 버리려다
다시, 넣었다
당장 신지 않더라도
어쩌면 다시 묶게 될지도 모른다는
오래된 가능성 하나와 함께

운동화는
그래서 버려지지 않는다
아무 말 없이 버티고 있다

압록강을 건넌 그림자들은 어디에 눕는가

깡통이 밟혔으나
울타리 너머 민가의 처마 끝까지 미끄러졌다
군화 끈이 갈대 사이로 끌려 들어가고
무릎 높이의 밤도
첫걸음을 눕혔다

소금 창고 뒤편
수통엔 누룽지 반 조각
창호지에 접힌 종이 한 장
물기 머금자
묵은 안부는 유서처럼 퍼져 나갔다

바위 틈에 박힌 수첩엔
접힌 가족사진 한 장
뒷면 성씨가 덧쓰인 글씨로 떨렸고
절반쯤 잘린 구호가
벼랑 아래 작은 나룻배 쪽으로 굴러갔다

다리 아래에서 끊긴 수레 자국
담벼락을 비집고 개 짖는 소리
붉은 깃털이

숯검정 담장 아래로 내려앉을 때
철사로 만든 바람개비가
한 바퀴만 돌고

얼음장 위를 걷던 발끝
말없이 젖었다
남은 끈이 칡넝쿨에 걸려 흔들릴 때
건너편 민가의 굴뚝 연기가
서쪽 산기슭을 따라
흔들렸다 멎었다
오솔길 어귀
겨울 숲이 마을을 감싼다

부르지 못한 자리에서
그림자 하나가 기거했다

그런 삶

벽을 뜯자
단열재 사이에서
한 장의 신문지가 나왔다

2021년 11월 3일
흐림
김장철 배추 할인 예고
기사의 절반은 누락
말린 고등어는 여전히 웃고 있다

단열재는
냉기와 소음을 막는 재료지만
때로는 말이 되지 못한 시간도
사이에 박제된다

마지막 말이 닿지 못한 계절이
끼어 있었다
접히고 눌리고
결국 말이 되지 못해

벽을 볼 때마다
어딘가에
계절 하나쯤은 더 눌려 있을 것 같았다

당분간 침묵하기로 한,
그런 삶처럼

음계

Allegro
부산의 첫 거리는 낮은 활시위
발걸음이 바닥을 때릴 때
도시는 첼로의 현처럼 울려
오래 숨죽였던 저음을 깨웠다
플루트의 서주 같은 선율로 빛을 흩뿌렸다

Andante
횡단보도의 발소리와
호루라기의 찢긴 울음이 겹쳐졌다
구호가 합창이 되려는 코랄의 전주처럼
거리의 공기를 밀어 올렸다
사람들의 심장이
서로 다른 박동을 맞추며
하나의 화성으로 번져 갔다

Scherzo
불협 같은 바람은 도시 위를 훑었으나
불협이 오히려 더 웅장한 울림으로
양쪽 도시의 지붕을 흔들었다
서로 다른 선율이 겹쳐

새로운 조성이 태어났고
사잇길의 전등마저
작은 현악기처럼 떨었다

Fortissimo
곤봉은 북채처럼 공기를 내려쳤고
페퍼포그의 흰 소음이 갈라졌다
체포의 발자국이 박자를 끊어도
둔중한 팀파니는 끝내 멈추지 않았다

Adagio
계엄은 검은 손으로 악보를 찢었다
거리가 얼어붙어
가장 느린 현악으로 옮겨 갔다

결국 하나의 화성이었다
멈추지 않고 이어지는,
끊긴 듯 잇는 선율 속에서
새로운 서곡을 예비했다

Coda
다섯 날은 하나의 교향시
첼로의 저음에서 시작해
코랄의 화성으로 번지고

타악의 난타로 폭발하고
아다지오의 정적 속에 잠겼다가,
합창으로 남았다

다섯 날은 아직 닫히지 않은 악보
계속 연주되는
끝나지 않는 교향곡

달무리

군복 자락을 타고 흐르는 땀은
고요한 시간에 깊은 균열을 낸다

얼어붙은 빛 속에서 기어이 녹아내리고
유리 조각처럼 흩어져
어둠의 가장자리에서 다시 모인다

군화가 땅을 찍는 순간
침묵의 심연을 가르고
먼지와 바람이 뒤섞인 공간에서
말 없는 순간들이 파편처럼 빛나며

빛은,
조용히 손끝에서 피어난다
닿지 않는 말들이 짜낸
밤의 은밀한 직조처럼

미완의 원을 그리며
빛과 어둠의 접점에서
서로의 존재를 무심히 확인하는 달

닿지 않아도 서로를 감싸안는
달무리는
고요 속 연대의 이름이다

별이 된 마음들이
다시 어둠 한가운데 모여
완성하는 빛의 무늬

비상계단에 머문 날들

퇴사 전 마지막 통화를 이곳에서 마쳤다
사과 대신 박하사탕을 씹고
당의 껍질만 벽에 묻어 두고 갔다

층과 층 사이
이름 없는 공간엔
기댄 자국들이 겹겹이 남았다

닿은 적 없는 손잡이
절반쯤 꺼진 형광등
아주 잠깐 울음이 붙었던 공기

엘리베이터가 밀릴 때면
몇 걸음쯤 내려섰다
오르지도 내리지도 않고서
잠시 눌러앉았다

지나가는 자리를 가장 오래 기억하는 건
오히려 멈추어 있던 것들

계단 아래 놓인 종이컵과
천장에 닿지 못한 말 한 조각
보내지 못한 메시지의 잔상

비상계단은
경보를 울리지 않고
모든 걸 흘려보내지도 않았다

그래서 나는
가끔 다시 선다

말하지 못한 감정이
벽의 틈새에 닿을 수 있다는 걸
아무도 들으려 하지 않을 때
말은 가장 조용하게 남는다는 걸

그곳에서 알았다

2부:

세상의 처음이자
마지막 위로

새벽

새벽,
그리고 부엌의 불빛

검은 냄비에 물을 붓자
어둠이 서서히 끓어올랐고
하얗게 피어오른 김은
안개 같고
기도 같아
잠든 얼굴들을 덮었다

눈꺼풀을 대신해
타오르는 작은 마음
솥을 붙잡은 손목이
밤새 쌓인 고단함을 꾹 눌러 삼키고서
끝내 떨린다

어머니는
잠과 젊음을 잘라 내어
새날의 국물 속에 넣는 이

굳은살로 굳은 손가락의 떨림이
모두 아침의 일부로 녹아 들어갔다

말없이 건네온 따스함과
작은 부엌의 불빛은
온 집을 넘어
새벽 하늘 끝까지 번져 가고

아침마다 국그릇을 들고
하루를 삼키는 건 아닐지
국물 속에는
별빛이 소금처럼 녹아
번져 있었던 것은 아닐지

몰랐다

국을 들이킬 때마다
밤이 조금씩 사라지고 있었음을
그렇게 흘려보내
가장 깊은 곳에 남아 있었다는 것을

몰랐어야만 했다

골목을 데우다

비닐 차양이
첫 불꽃의 파란 혀를 받아 적는다
양은 냄비가 박동을 시작하면
장전동 골목의 온도가 한 칸 오른다

떡은 하얀 마디로 끓는다
칼집마다 미세한 시간표가 열리고
고추장의 점성이
저녁을 붉게 묶는다

집게에 굳은살이 많다
손등을 건너온 세월의 비계
한 번 집을 때마다
움직이지 않던 마음이
조금씩 접속된다

종이컵의 골이
사람 수만큼 생겨난다
컵 위로 올라서는 김은
잠깐의 구름

뜨거운 것부터 공평하게 나눠 갖는
동네의 오래된 예법

맵기는?
대답은 대답보다 빨리
입술의 색으로
콧등에 앉은 땀방울이
각자의 오늘을 반짝이게 하고
설탕 한 숟갈은
쓸쓸함을 끝맛에서 늦춘다

할매의 팔뚝에서
작은 강이 흐른다
흐르는 쪽으로
젊은 손들이 종이컵을 내민다
컵과 컵 사이로
입김이 건너가
이름을 모르는 사이에도
서로의 체온이 얇게 붙는다

비가 오면
차양을 두드리는 리듬에 맞춰
국물이 한 번 더 부풀고
길바닥의 기름별들이

작은 별자리를 만든다
플라스틱 의자에 눌린 둥근 자국들은
오늘의 궤도
앉았다 일어서는 동안
도시의 중력이 잠깐 가벼워진다

밤이 깊어도
장전역 쪽 바람이
고춧가루의 미세한 운하를 몰고 들어와
혀끝을 환하게 한다
학점보다 빨리 사라지는 뜨거움이지만
사라질수록 분명해지는 맛이 있다

마감이 가까워지면
냄비 바닥의 얇은 윤이 드러난다
숟가락이 둥근 달처럼 긁어 내는 동안
겹겹의 하루가 미세하게 일어난다

종이컵 가로줄의 기름 반달
젓가락 나무결에 스민 붉은 날씨
손에서 손으로 건너간 온도의 기억

불을 끄면
골목은 금세 식는 듯 보이지만

비닐 차양 안쪽에
아직 작은 더움이 남아 있다
내일의 첫 불이 붙을 때
오늘의 온기가 다시 일어난다

이 방법,
도시를 데우는 데에도
사람을 데우는 데에도 유효하다

종이컵을 든 청춘들 사이로
주름진 손이 한 번 더 지나간다

대답은 말보다 뜨거운 쪽에서 온다
국물처럼 입가에 묻고
서로의 밤으로, 고요히

손수건

빛과 바람과 이슬비에도 쓰리다 몸부림치는,
어느 골목의 여린 풀잎처럼
뭉근한 열정으로 나직하게 보내던 시간도
허전한 가슴 한편을 채우지 못할 때쯤

아버지를 찾았다

익숙하고도 오래된 거리를 서성이다가
그리웠던 향기를 좇아 들어선 집에는
정겹게 재잘대던 가족들의 웃음소리가
아직도 한 구석에 머물러 있었다

정겨운 식탁 위에는
얼룩무늬 빛바랜 손수건 하나
다 낡아 누르스름하게 검버섯이 피어나고
군데군데 찢어진 구멍으로
무심히도 스쳐 간 서늘함이
숭숭,
숨을 조이고 있었다

차마 물을 수 없는 노릇이었다

어디서, 어떤 일로 인해 흘린 눈물인지
나무의 나이테처럼 세월을 대변하듯
제 자리를 오롯이 지켜 내던 서러운 얼룩들

잘 지내셨냐, 보고 싶었다는 고백조차
입술 밖으로 나가기를 부끄러워하니
홀로 외로움 삼키셨을 아버지의 눈물을
묵묵히 지켜봤을 빛바랜 손수건 앞에서
나는,

차마 물을 수 없는 노릇이었다

달의 뒷면에서

달이 차오를수록 사라지는 면이 있듯
사랑이 차오른다는 건
아픈 상처를 더 깊이 감춘다는 것이었다

세상은 늘,
환한 쪽을 바라보며 환호했지만
완벽한 둥근 빛 뒤엔
한 번도 비추지 못한 밤이 있었다

자신을 기울여 빛내 주던 삶
단 한 번도 자신을 돌려
누구 앞에 드러낸 적 없던 사람

기어코 차올랐고
점점 더 보이지 않는 쪽으로
기울어,
우리네 사연이 가장 밝게 빛날 때
아픈 이름은
가장 오래 숨겨져
짙은 어둠을 홀로 감당해야만 했다

사랑은 말해지는 것이 아니라
끝내 말해지지 않은 쪽에서 완성되고
스스로를 가장 오래 감춰
남을 다 비추는 일이었다

보이지 않는다는 이유로
없다고 말하지 않게 되기까지
얼마나 많은 밤이
얼마나 많은 빛을
밝게 드러내고 있었을까

상사화

뜨거운 사춘기 끝에 회한의 눈물 흐르듯
무심히도 따갑게 찔러 대더니
언제 그랬냐는 듯,
채찍비 시원하게 쏟아진다

시선 하나 닿지 않는 적막한 땅
죄인처럼 고개 숙인 저 이파리에게
영롱한 물방울은 버거운 십자가일까

이보다 가슴이 아려오는 사연이 있을까

살과 피로 얽힌 한 몸임에도
웅크렸던 꽃이 분홍빛 기지개를 켜면
찬란했던 초록빛 생명은
겸허히 그림자 속으로 고개를 숙인다

활짝 핀 우산처럼 고개를 내밀고서
간지러운 한들바람 맞는 꽃은
등이 따갑도록 생명을 지켜 낸
뼈가 끊어지도록 채찍비를 견뎌 낸
외롭고 가엾은 존재를 모르겠지

초록빛으로 물든 눈물을 모르겠지

어쩌면
자양분으로 모두 내어 주고
혹여 미련으로 남을세라
스스로 바스러져 돌아서는 것일까

뜨거운 눈초리를 견디며 오른
삶의 골고다,
붉게 물든 생명을 자양분 삼아
꽃이 피고 나서야 보이는 부서진 발자국

찬란한 햇살 같은 축복 속에
자라는 분홍빛 사랑을
두 눈망울 속에 고이 담고
가슴 한편에 묻고서
무거운 발걸음을 돌리는가

하늘로 솟구치듯
꼿꼿이 피어나고 나서야
먹먹한 외로움이
귓가에 들려온다

다 되었다
예쁘게 피었으면
그것으로 되었다

기도

겨드랑이 간지럽히듯
방구석을 휘젓던 찬 기운이
따뜻한 입김에 내밀려 웅크렸다
쇠문으로 둘러싸인 도시에선 찾아볼 수 없는,
얇은 창호지 사이로 옅은 빛이 스며든다

오롯하다
모자람 없이 온전하다

땅거미 내려앉은 시간에도 흔들리지 않고
오롯이 앉아
별들을 주워 담고 있다

간절함을 담아 하늘에 기도를 드리면
밝게 비춰오는 아침볕의 물줄기를 타고 흘러
소중한 축복들이
새벽이슬 되어 오롯이 맺히리라

새벽별들의 찬사가 되어
여명을 밝히 열어 줄 것이라

방을 검게 물들였던 어두움은
쏟아져 들어오는
아침 빛 너머로 내밀려 웅크리리라

태양도 그 빛을 부끄러워하는
찬란한 그리스도의 이름 아래에
오롯이 모은 두 손이 얼마나 아름다운가

고요한 밤, 미련도 많다
밍기적거리는 바람의 괴롭힘도
참, 성가시다

그래도 나와 하늘 사이,
우리만의 시간은 변함없이 굳건하다

언제나 오롯하다

얼어붙은 강

1.
강은 스스로 흐름을 거두었다
밤새 내린 숨결이 물결에 닿으면
곧바로 녹아 사라져 버리기에
제 몸을 얼려 작은 품을 만들었다

눈송이들은 하늘에서 쫓겨와 이 땅에 내린다
낯선 길 위, 후회의 눈망울
어디 닿아도 곧 흩어지고
흔적조차 남기지 못할 운명이었다

강은 억울한 사라짐을 붙잡으려
먼저 이 세상에 고요히 흐르다
숨을 고요히 낮추고, 깊은 흐름을 멈춘 것이다
차가운 얼음이 된 표면 위에
눈송이들은 비로소 머무를 자리를 얻는다

이 세상은 차디차
어린 몸이 차가움에 부르틀세라
스스로 얼음장으로 걸어 들어간 것이다
황망히 사라지지 않도록

천사의 이름을 잃지 않도록

강의 얼음 위에 고요히 쌓이는 눈송이들,
살을 에는 추위도
마침내 따뜻해졌다

 2.
이름을 잃고 황망히 내리니
제 본향도 잊어버려
흩어지는 운명이 어찌 가엽지 않으리

천천히 낮추어 살을 굳히리라
하늘의 옷자락을 접어
포근히 감싸 주리라

얼음의 무릎이라도
내 사랑을 내 품에 안고 있으니
어찌 따숩지 않으리

언젠가 따뜻한 봄이 찾아와
목마른 입술을 적시고
메마른 흙 속에서 새싹을 깨울 때
세상은 보게 되리라

희생을 머금은 사랑이
마침내 흘러가는 것을

미래에게 남긴 편지

수신: 아직 호명되지 않은 이름들
발신: 오늘의 생활 온도
등급: 지연 승인
도착 예정: 자라나는 것들의 속도
취급 주의: 습기·가열·냉소

봉투

재질: 감열지의 옅은 흔적, 마스크의 접힌 산맥
빵 부스러기 두 점과 점자 한 알
우표가 1㎠의 이끼로 대신한다
소인은 손등의 혈관으로 찍는다
이는 곧 오늘의 도장

머리말

대체로 쓰는 쪽을 먼저 교양한다
봉함의 시간이 문장보다 길어야 한다
닫혀 있는 동안 말은
자기 체온을 점검하고
말미의 호흡을 배운다

'열림' 버튼의 닳은 원
금속이 손가락 모양을 닮아 갈수록
타인의 망설임이 교정 표기로 남는다

엘리베이터 거울에
낯선 사람의 낯을 잠깐 입혀 준다
맞춤 전의 옷처럼 헐겁고
헐거움이 예의의 첫 치수다

쓰레기봉투는 한 뼘 느슨하게
넘치지 않되 질식하지 않게
버려지는 것에게도 적정 기압이 필요하다

베란다 화분의 미세한 경사
새순이 창 쪽으로 기울며 흙 속에서 방향을 얻는다
결심의 사전적 의미가 된다

학교 칠판에서 먼저 내리는 것은
지우개 가루의 적설
그 위에야 새로운 식이 앉는다
습득의 절반은 삭제의 기술에서 자란다

편의점 자동문을 통과하는 호흡
붉은 선이 유리의 말풍선을 조용히 문지르고
짧은 점화음으로 통과한다 — 삐
대화의 영점이 한 음절에서 잡힌다

병실 창가, 수액의 간격이
밝기의 호흡에 맞춰 좁아지는 밤
돌봄의 최소 단위가 조도에 가깝다는 걸
손등의 혈관이 먼저 알아듣는다

주전자 뚜껑의 투명한 서명
김은 가장 얇은 필름에 증거를 남기고
꺼진 뒤에도 미지근한 문장을 오래 간직한다
열로 봉함된 서간(書簡)

지하철 손잡이가
같은 속도로 흔들리는 손들 사이에서
생략된 주어로 돌아와
객차 전체를 한 문장으로 꿰맨다

문지방과 정강이의 오래된 화해
먼저 피어오르는 건 욕설이 아니라
참음의 얇은 막

얇다는 이유로 가장 먼저 깨지지만
깨어짐이 문장을 읽게 만든다

동봉물

체크섬: 손에서 손으로 건너간 온기의 횟수
사용 설명: 문손잡이, '열림', 바퀴축의 미세한 축력
교환/환불 불가: 늦게 깨달은 일은 내일 더 천천히 사용할 것
예열 시간: 결론은 끝에서 쓰지 말 것
가장 많은 의미는 중간의 온도에서 굳는다

규격서

주소 기입: 북서 모서리에 오래 머무는 빛을 받는 사람으로 지정
우편요금: 체온 36.5, 혹은 자리 양보 한 번
난이도: 탄소 농도는 숫자로 적되, 나무 쪽으로 보낼 것
검수: 감열지의 옅은 글자, 이끼 우표의 습기,
바코드 음 한 개—삐—가 확인되면 발송

주해

도착하지 않은 편지에도 유효 기간이 있다
읽히지 않은 채로도 보관되는 울림이 있다

해가 뜬다는 말보다 정확한 말:
지구가 돌아 얼굴이 밝은 쪽을 선택한다
정확함보다 중요한 건, 매일 그쪽으로의 미세한 경사

낯설게 본다는 일은 친절의 반대가 아니다
해치지 않으면서 붙드는 법을 익히기 위한
시선의 작은 재배치

추신

오늘의 소인 — 시각 06:47, 조도 320lx, 풍향: 손등에서 창틀 쪽,
봉투를 열 때마다 발신인은 조금 더 느려진다
느림은 낭비가 아니라, 파열을 막는 속도로

이 편지를 받게 된다면
사인을 남기지 말고 사이를 남겨 달라
이름과 이름 사이,
거기서부터 우리를 다시 시작하자

자연의 말

뿌리,
어둠 속에 뻗어 가는 실타래
말 없는 기억들이 땅을 꿰뚫고
숨겨진 연속의 편지로 쌓인다

바람,
잎새 틈을 미끄러져 가는 비밀
고요한 몸짓들이 속삭이고
감각의 가장자리에서 꿈틀거린다

파도, 부서지는 조각들의 춤
부서진 파편이 깨어나는 빛을 품고
무수한 질문을 자장가처럼 흔든다

침묵, 겹겹이 접힌 시간의 주름
빛과 그림자가 서로를 감싸안으며
감춰진 맥박이 흐른다

파편들은 빛으로 재생되고
우주가
가장 미세한 떨림으로 퍼져 나간다

말 없는 대화
바람과 땅과 물결의 교감
가장 낮은 음의 진동이
존재 깊은 곳을 적신다

노래 없는 노래
생과 사 사이에 깃든 숨결
시간의 틈새에서
소리 없이 깨어나는 숨결

고래 낙하

　1.
거대한 몸뚱이
총알처럼 심연으로 떨어진다
검푸른 품이 열리고
숨을 잃은 폐가
작은 거품으로 퍼져 나간다

살점을 천천히 핥는 물결
뼈가 희고 둥글게 드러난다
그러면
생명이 느리게 깨어난다

죽음은 바다가 된다

작은 무리들이
살을 뜯고
핏줄을 마시며
뼈 위에 집을 짓는다

한때 파도를 가르던 힘은
깊은 물속에서도 길을 잃지 않았다

혼적도 사라지지 않았다

낙하는 끝이 아니고
죽음마저 또 다른 시작이 된다

 2.
가라앉는다

마지막 숨이 물거품 되어 흩어지고
검붉은 잉크처럼 퍼진다
힘을 잃은 지느러미,
파도가 몸을 스치며 사라진다

날카로운 창끝이
등줄기를 꿰뚫었지만
격랑 너머,
흔들림 없는 길이 남았다

상처 사이 스며든 소금물
서서히 식어 가는 몸속 온기
깊은 바닷속 무거운 손길이
몸을 끌어당긴다

귀를 울리는 침묵

심연 압력이 심장을 누르지만

두려움은 없다

핏빛 좇는 작은 존재들이
조용히, 집요하게
살점을 물어뜯는다
근육이 벗겨지고
내장마저 흩어져도

두려움은 없다

뼈는 깊은 바닥에 남아
새 심장으로 뛴다

떨어져도 사라지지 않고
흩어져도 끝나지 않는다

완전히 부서져
물결 속으로 스며든다

마침내,
바다가 된다

기다림

온 우주를 덮는 이불과도 같아
다 헤아리지 못해도
성내지 않을 힘을 얻고
한 번 더 참을 힘을 얻고

다시 사랑할 힘을 얻고

꿈의 전시장

이곳의 첫 번째 꿈은,
안개 속에 숨은 호수였다
끝없이 펼쳐진 거울 같았고
위로 떠 있는 조그마한 배가
종잇조각처럼 바람에 밀렸다
배 위에는 아무도 없었다
마치 누군가의 의지가 담긴 듯
느린 호흡으로 물살을 가르고 있었다
호수 아래에는 나무처럼 보이는 것들이 자라났는데
흔히 알던 줄기와 가지의 형태가 아니라
고요히 흔들리는 수많은 실 같은 뿌리로 이루어져 있었다
호수의 표면을 향해 손을 뻗는 듯 보였고
끝에는 작은 열매들이 주렁주렁 매달렸다
둥글고 투명한 결정체처럼 반짝이며
바람 소리 같은 낯선 음성이 새어 나왔다
먼 과거에서 온 속삭임 같기도
한 번도 들어 본 적 없는
미래의 목소리 같기도 했다

두 번째 꿈은,
빛으로 가득한 정원이었다
들풀과 이끼들은
빛에 젖은 채 천천히 몸을 비틀고 있었다
바람조차 없었다
하지만 풀잎들은 웅성거렸다
풀잎들의 웅성거림이 시작되면
정원 곳곳에서 알 수 없는 글자들이
공중에 피어올랐다
처음엔 또렷했지만
사람이 가까이 다가가 손을 뻗으면
부드러운 안개처럼 사라졌다
정원의 빛은 시간이 멈춘 듯 고요했지만
모든 것이 은밀하게 움직이고 있었다

세 번째 꿈은,
한 번도 본 적 없는 색깔들이 흐르는 강이었다
소리 없이 흘렀고
색들은 순간적으로 지나가며
경계를 무너뜨렸다
밤하늘에 깃든 별처럼 어두웠고
새벽녘의 안개처럼 희미했다
강물 속에서는 검은 새들이 유영했는데
깃털이 아니라

수많은 그림자들로 이루어진 듯했다
강물을 헤엄치며 지나갈 때마다
강물 표면에 나타난 얼굴들이
깜빡이며 사라졌다
사람들의 기억 속에 남은 모습이거나
한 번도 마주친 적 없는
타인의 잔상일지도 모를 일이었다
강물 속의 흐름은
늘 새로운 시작점으로 되돌아가고 있었다
인간이 잊고 지나친 질문들을 품고 있었다
풀리지 않고,
다만 강물과 함께
끝없이 흘러갈 뿐이었다

연결된 고독

알림은
정확하게 운다
이름 없는 울림,
누구에게도 닿지 않고
모두에게 도달하는 소리

읽음은 응답이 아니다
말은 지워지고
기억이 말풍선 아래 깔린다

프로필도 자주 바뀐다
얼굴은 끝내 나타나지 않지만
상태창의 한 줄이
오늘을 대신하곤 한다
사람은 사라지고
신호만 남기까지

끊기지 않는다
늘 도착하지 않는다
버퍼링 속에서 슬픔은 사라지고
기쁨도 전송 전에

이모티콘으로 희석된다

반응을 사랑이라 부르고
복사된 문장을 위로라 착각하며
즉시 사라질 것을 고른다

대화는 없다
입력 중이라는 문장만
오래도록 깜빡인다

신호가 넘치지만
이야기는 어디에도 닿지 못한다

서로를 기다리는 것이 아니라
발각되지 않기 위함일지도

말보다 먼저 사라지는 존재가
자신이었다는 사실을
모두가 알고 있었다는 듯이

해안선의 편지

파도가 밀려온다
철 지난 엽서처럼 구겨진 몸으로
모래사장 위, 익숙한 이름을
서툰 필체로 다시 적는다

햇빛에 바랜 조개껍질
봉투처럼 반쯤 열려 있다
오래전에 닫힌 마음이
소금기 어린 숨결로 눅눅이 남아 있다

해안 초소의 녹슨 철문이
경첩을 삐걱이며 기울 때면
오래 잠근 마음의 문도
안쪽에서 조용히 흔들린다

썰물은 늘 빠져나간 뒤에야
무언가를 남긴다
병 속 편지처럼 말라붙은 단어들
찢어진 안부와
닿지 못한 작별이
조용히 바닥에 펼쳐진다

해안선은 매일 편지를 받는다
그리움은 문장 없이도
바닷바람 속에서 울컥, 번지는 것이며
파도가 떠난 뒤에야
비로소 온기를 품는다

모래 위에 단단히 발을 심는다
떠나보내지 않으려는 게 아니라
다녀간 시간을 잊지 않으려고

해거름 햇살이
수평선 위로 길게 눕는 저녁이면
파도는 다시 한 장의 편지를 보내온다
손끝에 스치는 물기처럼
사라질 걸 알면서도

그 순간만큼은
마음 가장 깊은 곳이
오래도록 젖는다

곶감

거칠게 닳은 손바닥 같은 하늘이
붉게 문드러진 몸을 조용히 쓸어내린다
저릿한 저녁노을 아래,
흐벅진 속살을 맡긴 단내가 느리게 퍼지고
무르익은 영혼은 말없이 마르며
오래된 그리움처럼 스러져 간다

정이 많은 사람은 유독 잘 썩는다기에
보드라운 심장조차 바싹 오그라들기 전
묵은 흙덩이를
하늘에 매달아 말리는 것이다

앙상한 가지 끝, 위태롭게 흔들리며
마지막까지 붙들고 있는 숨결
더는 두려울 것이 없다는 듯
건너편 세상이 손을 내밀었을 때
그곳의 품은 정말 따뜻했을까

외로이 매달린 저 곶감에겐
낮은 문지방조차 아득한 언덕

서늘한 쇳조각들이 이그러진 날을 모아
비린 창끝을 이루고
옆구리를 지나간 바람엔
세월의 맛이 스며 있다

겉껍질은 떨어지고
껍질을 벗기우며도 눈 한 번 질끈 감고
타오르는 햇살 아래
고요히 익어 가던 모습
검었던 머리칼 위로
허옇게 내려앉은 시상(柿霜)은
쓰라린 가시 면류관이 되었을까

문드러진 씨앗조차
아득바득 뽑아 가는 미운 것들에게
남김없이 내어 주고
다 이루었다는 듯
차갑게 식은 마룻바닥을 낮게 기어
살을 에는 건너편 계절로 넘어간다

단풍이 불붙던 날의 저녁놀,
불길 같은 세월을 견디며
한 올 한 올 접어 둔 주름마다
그래그래, 잔잔한 미소가 새겨진다

비록 떫은 삶이었을지라도
입안을 가득 채우던 단 정(情)은
끝내 삼켜지지 못할 눈물처럼
속울음을 삼키는 새벽 안개처럼
지워지지 않고,
가만히 혀끝에 감도는
묵은 달빛의 맛으로 남는다

유성우

밤하늘 검은 캔버스 위
별들이 휘청이며 떨어진다

한 줄기 빛,
허공에선 아무 흔적도 남기지 않는다

밤이 깊지만
찰나의 빛이 닿으면
땅도
시간도 흔들린다

흩날리는 별똥별처럼
우리도
바람에 스치고
시간에 지워진다

지워진 자리마다
보이지 않는 빛이 쌓여
깊은 어둠을 천천히 밀어낸다

덧없음도 흔적이라
흔적은 궤적이 되어
우주에 새겨진다고

바람에 실린 불꽃처럼
부서진 시간을 어루만지며
빛은 사라지지 않는다

서로의 그림자가 되어
끝없이 밤을 밝힌다

찰나가 모여
새벽을 부르고
또 다른 빛을 피운다

파도는 어제의 바다를 기억하지 못한다

파도는 어제의 바다를 기억하지 못한다

해는 가장 낮은 각도로 기울고
모래의 결을 따라 천천히 사그라졌다

사람이 지나간 자리마다
바람이 먼저 눕고
달도 눕고

별 하나씩 눈을 뜬다
해변에 남겨진 것은
오래 남는 적막

모래 위에 서 있었다
차가운 달빛이 발끝을 감싸며
나를 펼치고 있었다

잊힌다는 것은
처음부터 기억하지 않기로
마음먹은 풍경일까

바다는 질문하지 않는다
슬픔이란 말을 꺼낼 수 있을 만큼
물속에 오래 머물러 본 적이 없다

그래서 바다 앞에서는
손끝이 먼저 젖어

내가 무너진다

송도의 밤바다는
마치 긴 숨결처럼 밀려왔다 물러났다
멀리서 숨을 쉬듯 깜빡이고
사라진 마음의 표면을 더듬는다

파도는 어제의 바다를 기억하지 못한다

어제를 붙잡는 손이
내일을 흘려보낸다는 걸 알면서도
오늘도
지워지는 나를
같은 자리, 같은 방향으로
다시 그려 넣는다

아주 천천히
내 이름 하나를
바다 쪽으로 밀어 둔다

우크라이나의 여름밤

장마가 시작된 지 일주일째
도시는 젖은 고양이처럼 웅크려 있다
회색 건물들 사이로 습기가 기어다니고
무언가를 오래 삼킨 사람처럼 무겁다

버스 안 창문엔 물방울이 매달려
천천히 흘러내린다
기억의 조각들이
무너지는 담처럼 하나둘 흩어지는 느낌
흐름 속에서
잊히고, 더 오래 남는다

오래된 피아노 건반처럼 빗소리가
낡은 마음을 조심스레 눌러
나직이 울리며 노래한다

비가 닿은 창은
거울처럼 반사되다 이내 흐려지고
이름도 표정도 엷어져 가는 투명한 형체
말없이 지워지는 페이지의 끝머리

물방울마다 박힌 별무리가 반짝이고
젖은 길 위를 달리는 자동차 불빛까지
잊힌 인사처럼
잠시 스쳐 가고 사라진다

어깨에 비를 맞는 사람들의 걸음이
누가 더 외로운지를 묻는 듯 무겁다
우산 사이로 새어 나오는 한숨들
젖은 신발 속에서 무너지는 하루
모두 조금씩 기울어져 있다

이 비가
우크라이나의 여름밤과 닮아 있다면
그때 하지 못한 인사는 아직
빗속 어딘가에 떠다니고 있을까

계절의 작별이 스쳐 간다
소리 없는 안녕, 돌아보지 않은 얼굴
포탄에 흩어진 마지막 손짓

눈을 감으면
그리움이 꽃잎처럼 피어난다

비는 아직 멈추지 않았지만
젖은 마음 위로
작은 햇살이 내려앉는다

누군가의 따뜻한 손길처럼
말없이 스며드는 온기

그것만으로도
오늘은
조금 덜 그리울 수 있으려나

증발하는 초상

물을 튼다

빛은 수증기에 녹아 사라진다

그제야 무언가가 또렷해진다

가장 선명한 실루엣이 떠오른다

연기를 멈춘 누군가가 남는다

본질이 뚜렷해진다

울지 않기 위해 배운 표정

울음을 삼킨 건 눈물이 아니었다
입꼬리부터 올리고
광대 근육의 각도를 기억한다
눈물샘보다 먼저 배운 건
울지 않는 법

표정은 감정을 담는 그릇이 아니라
감정이 빠져나가지 못하도록
안쪽에서부터 조이는 띠
웃는 모양으로 굳혀야
안전하게 울 수 있었다

슬픔이 가장 깊을 때
나는 입꼬리를 휘었다
입술을 꽉 다물고
눈을 말리는 법을 익혔다
광대 아래 숨어 있는 울음은
이따금 잇몸 쪽에서 비명을 질렀다

무표정이라 불렀다

나는 그게
울지 않기 위해
가장 먼저 익힌 구조라고
차마 말하지 못했다

울음은 나오는 게 아니라
새는 것이다

근육 사이로
눈꺼풀의 바깥쪽에서
혀끝 아래 어둡게 고인 발음에서
조용히 빠져나가는 감정의 냄새

울지 않는 얼굴을 오래 유지하면
표정은 표정이기를 멈춘다
그때부터 얼굴은
자기 생을 저장하는 기계처럼 움직인다

누구도 웃지 않았고
아무도 울지 않았는데
얼굴 전체가 울고 있었다

조금 어긋난 채로

밤 11시 36분
마트 옆 삼거리
주차선 바깥으로
절반쯤 걸쳐 멈춰 선 차

비는 그쳤고
후드 사이에 묻은 물방울이
아직 방향을 잃지 못했다

선은 분명히,
하얀 줄 두 개
무시할 수 없을 만큼 반듯했고
차는
아주 조금만 벗어나
밤의 기울기를 드러냈다

누군가 급히 멈췄거나
늦게서야
오늘 하루를 수습하려 했을지도

사람들은

고개를 돌리거나, 잠시 멈춰 섰다가
아무 일도 아니라는 듯 걸음을 옮겼다

나 역시
그런 밤이 있었던 걸 떠올렸다

시간을 조금 어긋내며
버티는 방식밖에 몰랐던 날들

제자리를 지키지 못한 게 아니라
제자리에 있을 수 없었던 순간들

그리고
아무도 몰라주길 바랐던 마음까지

차는 아직도 거기 있다
선을 넘었다는 이유로
아주 정확히,
오늘을 말하고 있다

청량리역 후문, 새벽 2시

버스는 오지 않는다. 재개발 현장의 철제 펜스 옆, 마지막 야채 상이 철수한 자리. 비닐 박스 위에 벗겨진 당근 껍질 몇 줄기, 벤치 옆엔 종이컵이 눕는다. 검은 물줄기 하나가 천천히 식어가고 흘러간 사람보다, 남아 있는 자국들이 자리를 지킨다. 사라진 것들은 자세를 잃지 않는다.

멈춘 듯 문장을 반복하는 전광판, 신호등은 스스로 눈을 감지 못해 피곤해 보인다. 편의점 자동문 안에서 빛을 품고, 아무도 없는 공기에도 반응한다. 전신주 아래 낡은 플라스틱 가방이 누군가 주워 들지 못한 밤의 무게처럼 털썩 앉아 있다. 도시의 목소리는 모두 입을 다물었고, 바퀴 자국만이 말을 남긴다.

광고판 위에 반쯤 찢긴 얼굴이 붙어 있다. 오래된 연예인의 눈이 어둠을 향해 웃고 있다. 낙서처럼 남은 글씨, 언제 와요? 질문이 지워지지 않는 이유는, 질문만큼 오래 기다린 이들이 있기 때문일까. 여긴 버스를 타기 위한 자리가 아니다. 한 번도 떠나지 못한 사람들이 되감기듯 도착하는 곳.

차가 오지 않는다는 건, 떠나지 못한 것이 있다는 뜻이다. 종착
이 아니라, 단단한 남김.

시간의 구두 장수

가죽 냄새가 밴 손끝으로
하루의 밑창을 갈아 끼운다
닳은 시곗바늘의 작은 톱니 하나 떨어지면
못을 박아 새벽의 틈을 메운다

주름마다 접힌 계절들이
밑창 아래에서 이름 없이 몸을 굽힌다
바닥에 찍힌 발자국은 모두
지나간 대화의 무게로 쌓인다

앞코가 헤져
아직 오지 않을 길을 미리 닳게 하고
뒷굽이 부서져
뒤로 돌아보는 습관이 생긴다

바늘이 가죽을 뚫을 때마다 숨이 눌리고
실이 손끝을 타고 넘어갈 때마다 기억이 따라온다

탕. 탁.
한 땀. 한 땀.
망치 소리가 호흡의 박자를 건드린다

실밥 사이에 박힌 작은 종잇조각
버스표 한 장

수선하는 시간은
시간을 한 줌 더 쥐여 주고
끊어진 끈을 매듭지을 때마다
묶이지 못한 목소리들이 구멍 사이로 스며든다

웃으며 구두를 닦는다
윤이 난 끝에 어제의 해와
내일의 해가 겹쳐 보인다
구두를 신고 문이 닫힐 때
밑창 소리가
다른 길을 예약한 것처럼 울린다

작업대 위 실끝 하나 남는다
실끝을 보면 또 한 번 시침을 박을 것이다

염낭거미

밤마다
현관 앞에는 쇳가루가 흩어졌다
낡은 구두 밑창이 남긴 파편들
아침이면 그것들이 동전처럼 부딪혔다

책상 위 공책의 여백에는 회색 손톱 자국
연필 끝에서 스미던 시멘트 냄새
먼지 속에서 자라는 것을 보았다
흙먼지에 기대어 싹을 틔우는 작은 씨앗

저녁 식탁 위에는
가시가 많은 생선이 놓였고
아버지는 늘 살점보다 먼저
뼈를 집어 들었다

목에 걸린 가시를
물로 삼키며 지은 웃음은
오랫동안 식탁 위에 남았다

하루를 철사처럼 당겨 묶었다
힘줄이 솟은 손목이

매일의 울타리가 되었다

넘어질 때마다
뒤에서 당겨지는
보이지 않는 실의 떨림

남은 것은
허물처럼 벗겨진 작업복
벽에 눌린 손바닥 자국

끊어질 듯 이어졌다

가끔
검은 공기 속을 스치는
한 가닥 실의 울림이 따라온다

허공이 찢어질 때까지
피가 풀려 나올 때까지

별자리

밤하늘 별들 사이에
조용한 칸을 남겨 둔다
잔잔히 흐르는,
각자의 호흡으로 도는 제자리에서
하늘은 더 맑아진다

하늘의 사랑은 별빛과도 같아
한 영혼, 한 영혼을 초대해
저마다에게 알맞은 원을 허락하고
어두움을 은은히 밝혀 준다

달란트는 저마다 다르다

상처의 가장자리를 덮고
식탁의 불을 오래 지킨다
말 없는 밤을 들어 준다

차이가 모여 스펙트럼이 되고
어둠은 색의 두께만큼 옅어진다

서로의 박자를 건드리지 않으면

늦은 걸음은 늦은 걸음대로
제때 도착하고
빠른 걸음은 빠른 걸음대로
기다림을 배운다

은혜의 결로 흐르는
별들의 노래가 자란다

수놓인 별들은 연합을 배우며
각자의 속도로 제자리를 빛낸다

빛이 만나 길이 되고
길이 겹쳐 새벽에 닿을 때
어두움은 순간의 꿈처럼 흩어진다

연등의 밤

저녁 점호를 마치는 목소리에
무언가에 이끌려
도서관 끝자리를 고집하며 숨을 죽인다

낭떠러지에서 한 걸음 뗀
한없이 쏟아지는 물줄기 타고
마침내
강변에 다다른 사연 얽힌 사람처럼

노곤함이 등을 떠밀면
슬며시 따라오는 아픈 마음에 기대어
혹여나 불쑥 떠날세라
옷자락을 꼬옥, 붙잡는다

태양 빛이 투영된 강물로
얼굴은 씻은 듯하며
가슴을 두드리는 부끄러움에 요동치다가도
이내 잔잔한 파동이 되어
번져 가는 시간

가파른 세상을 두려워하지 말자

이제는
낮은 곳으로
더 낮은 곳으로
흘러 발을 적시는
한적한 여백의 공간으로 가자

회색빛 돌가루의 무심함
세상의 푸석함
아픈 사랑
깊은 사랑

아침 속으로 걸어간 그림자조차
낙낙한 이부자리가 되어 이제는,
당당히 끌어안을 수 있게

한 구석에 지는 낙엽처럼 매달려
뜨겁고도 시린
연등의 밤을 지독히도 붙잡는다

부를수록
사무치게

택시

목적지가 적히지 않은 택시를 탄다

기사도, 지도도 없다

계기판의 작은 불빛만 믿고
밤을 건넌다

창밖은 계속 바뀌는데
도착했다는 말은 없어서
문손잡이에 자꾸 손이 간다

지금 내리면
덜 아플 것 같아서

하지만 인생은
중간에 내리는 이에게
잠깐의 고요만 주고
도착은 보여 주지 않는다

우리가 견디는 건
거창한 희망이 아니라

아직 끝나지 않았다는 것

무사히 지나왔다는 것만으로도
이미 꽤 멀리 와 있다

그러니 내리지 않기로 하자

끝까지 남아 있던 사람에게만
이 여정은 비로소 이름을 갖는다

정원을 품고 사는 사람

사람들은 모두
저녁 무렵의 정원을 하나씩 안고 산다
한낮의 빛은 지나가고
아직 밤이라 부르기엔 이른 시간

꽃들도 말이 없고
스스로의 그늘을 길게 늘어 뜨린다

피지 못한 봉오리도
이미 져 버린 자리도
모두 같은 호흡을 한다

피는 것과 지는 것을
굳이 구분하지 않는다

빛이 적어질수록
향은 오히려 깊어지니까

삶도
가장 아름다운 순간에
항상 환하지는 않다

무언가를 잃은 뒤에야
비로소 남아 있는 소중함이
조용히 고개를 드는 것처럼

어쩌면 지금,
향이 시작되는 시간일지도

온도는 아직 남아 있다

현관 불을 켜면
어제 벗어 둔 신발이
조금 비켜 서 있다

누가 밀어 둔 것도 아닌데
서로를 피하려다
그렇게 된 모양이다

컵을 씻다 멈춘다
유리 벽에 남은 미세한 김
손바닥으로 문지르면
사라질 줄 알았는데
자꾸 다시 흐려진다

우리는
헤어질 이유보다
같이 살아 낸 이유가
더 많았던 사람들처럼
서로의 하루에
말없이 남아 있다

문득
괜찮아졌다고 생각한 날에
왜인지 모르게
잠이 늦게 온다

그날들 때문이다
불을 끄고도
밤이 환한 이유

소나기를 모른 척하지 않고

늦은 밤
잠든 얼굴을 보다가
괜히 불을 끄지 못하고
밤의 옷자락을 붙잡고 있다

오늘 하루
얼마나 애썼는지
묻지 않아도 나는 안다

서로의 상처를
끝까지 캐묻지 않는 것을 배웠고
아프지 않게 안는 일이
얼마나 어려운지도
같이 살아 내고 있다

네가 괜찮다고 말하면
나는 믿는 척을 하고
그 믿는 척이 오래 남았다

손을 잡고 있어도
마음은

각자의 소나기를 향해 있었지만
그래도 놓지 않았다

깊어질수록
행복보다 안부를 먼저 건넸고
그건, 오늘을 버티게 한다

내일을 미리 데워 보는 밤

국이 식는 속도와
말이 줄어드는 속도가
이상하게 닮아 있던 저녁

괜찮다는 말보다
불을 한 칸 낮췄지

컵에 물을 가득 따르다
조금 흘렸고
누가 먼저랄 것도 없이
행주가 움직였지

그때 알았어

서로를 안아 주지 않아도
하루가
무너지지 않을 수 있다는 걸

불을 끄기 전
의자를 안으로 밀어 넣는 손

그 손이 남긴
아주 얇은 온기 하나로
내일을
미리 데워 보는 밤

세계의 낮은 곳에서 충분히 내쉬는 숨

- 시인/문학평론가 김도윤 -

박채운의 첫 시집『사랑은 흐르고 사람은 깊어가고』는 서정의 방식부터 다시 묻는 책이다. 이 책에서 서정은 흔히 기대되는 고백의 진폭으로 나타나지 않는다. 고백을 밀어붙이지 않고, 감정을 전면화하지 않으며, '나'를 중심으로 세계를 재배치하지도 않는다. 대신 시는 말과 말 사이에 남겨진 공백, 사건 뒤편에 고여 있는 잔여, 발화 이전의 미세한 떨림을 붙든다. 한 문장으로 요약되기 싫어하는 상태들, 설명될수록 닳아버릴 것 같은 것들을 다루는 태도. 그것이 이 시집의 가장 일관된 미학적 결이다.

시들을 읽을 때 먼저 확인되는 것은 발화의 속도다. 곧장 결론으로 흘러가지 않고, 비유는 정면에서 전진하기보다 옆으로 비켜선 채 접근한다. 말이 대상을 지나치게 포획하는 순간을 경계하는 조절, 단정이 발생시키는 폭력성을 미리 차단하는 조절, 정확한 명명이 오히려 삶의 복합성을 소거할 수 있다는 자각에서 비롯된 조절이다. 더 말할 수 없어서가 아니라, 더 말하면 안 될 것을 알고 있기 때문이다.

조심히 펼친다

종이 위를 지나가는
실금 같은 펜 끝

미세한 긴장을 품고
처음부터 끝까지
한 번에 가지 않게

한 번에 가지 않게

직선으로 흐르지 않는 움직임
끝에 닿으면
조용히 되돌아온다

들켜선 안 되는 마음이
조금 더 머물 수 있도록
곡선을 고른다

,에서 잠깐 몸을 피하고
. 앞에서 멈칫한다

비유의 옆구리에 기대어
방향을 바꾼다

(진심은
비껴가야
무사히 닿는 쪽이라서)

시는
질끈 묶은 고무줄

당기는 만큼
가늘어지는 걸 알면서도
또 당긴다

어떤 한 줄은
목젖 근처에서

오래 뜨거워지다가
끝내 종이로 내려오지 못한다

나는 또
또렷한 문장은 피하고
정확한 끝을 남겨 둔다

끝이 분명해지면
돌아올 길이 사라지니까

들키지 않기 위해 쓴다

기다리고
기다린다

종이 위에 남은
아주 작은 떨림으로

다음 한 줄이
나를 들키지 않게 해 주기를

그러나
당신이 지나가다

우연히라도
그 떨림을 알아보기를

— 「서시」

　「서시」는 이러한 태도를 표지처럼 드러낸다. "들키지 않기 위해 쓴다"는 구절은 감정을 숨기는 기술로 읽힐 수도 있겠지만, 이 시집 전체를 통과해 읽으면 그 반대쪽에서 의미가 열린다. 들킨다는 것은, 진심이 노출된다는 뜻만이 아니다. 말이 어떤 대상의 존엄을 설명이라는 이름으로 빼앗아 가는 순간이기도 하다. 시집에서 '들킴'은 감정의 노출이 아니라 의미의 과잉 확정에 가깝다. 이 관점에 서면, 시가 직선으로 나아가지 않고 되돌아오며, ','과 '.'을 의식적으로 배치하는 이유가 좀 더 분명해진다. 망설임은 결함이 아니라 장치다. 말이 도착하는 방식을 바꾸기 위한 장치, "진심은 늘 비껴 말해야 무사히 도착"한다는 인식이 만들어 낸 리듬이다.

　이 리듬은 곧 윤리로 이어진다. 중심에서 밀려난 곳으로 자신을 옮겨 놓고, 이미 끝난 듯 보이는 사건 이후에 남은 것들을 바라본다. 관찰의 초점이 사건의 드라마가 아니라 사건 이후의 흔적에 놓인다는 점이 중요하다. 흔적은 늘 늦게 도착하는 것, 말이 뒤따라 붙는 것, 쉽게 "이게 무엇이다"라고 단정하기 어려운 것이다. 그래서 무엇을 증언하기보다, 무엇이 사라지지 않게 말한다. 여기에서 시의 역할은 해석이 아니라 보존에 가깝다.

1부를 관통하는 감각은 완결되지 않은 장소들이다. 놀이터, 골목, 사람이 떠난 뒤의 방. 서사의 중심이 되기 어려운 공간이며, 보통 배경으로 처리되는 곳이다. 그러나 박채운 시인은 배경을 전경으로 끌어올린다. 더 정확히 말하면 위계 자체를 무너뜨린다. 사건이 아니라 자리, 결말이 아니라 상태, 영웅이 아니라 남겨진 것들. 단순한 소재의 취향이 아니다. 삶이 지속되는 최소 단위를 응시하겠다는 의지에 가깝다.

놀이터는 오래된 공기를 삼킨다

한때 하늘을 밀어 올리던 팔처럼
굳은 채 내려앉은 미끄럼틀,
깨진 모래 바닥 위로
바람만이 지문처럼 흐른다

손을 잊은 지 오래
녹을 더듬고 있는 굳은 손잡이

텅 빈 골목 끝
미끄럼틀 그늘 아래
이름 모를 들꽃 하나

갈라진 고무 타일
줄기는 굳어 버린 먼지 속을 밀어 올리고

찢긴 잎사귀들
스치는 바람에도
살갗을 접었다 펴며
느린 속도로 하늘을 더듬는다

움직이지 않는 세계를 껴안고 있다

잊힌 오후
기억되지 않는 웃음들,
흐린 햇살만이
미끄럼틀을 타고 내려올 때

그 꽃은

한 번도 자신을 접지 않았다

존재하고
버텨 내며
아무것도 남지 않은 자리에서조차
꿋꿋이 피어나고 있다

— 「숨지 않고 피어나는 일」

「숨지 않고 피어나는 일」의 들꽃은 최소 단위를 보여주는 존재다. 들꽃에게 세계를 갱신하는 능력을 부여하지도, 독자에게 교훈을 제공하지도 않는다. 대신 “한 번도 자신을 접지 않았다”는 문장을 남긴다. 접히지 않은 채 남아 있었던 시간, 그 시간의 지속 자체가 증거가 된다. 의미를 획득하지 못해도 존재는 존재한다는 사실, 더구나 세계가 무관심할수록 존재는 더욱 무방비해진다는 사실을, 감정의 고조 없이 조용히 놓는다.

시집에서 자주 등장하는 사물들도 비슷한 방식으로 배열된다. 기능을 상실한 것들, 주체가 떠난 뒤 남은 것들, 굳은 손 같은 요소는 상징이 되기를 서두르지 않는다. 상징이 되는 순간 대상은 언제나 의미의 부속품이 된다. 박채운의 시는 이 부속품화를 경계한다. 그러므로 사물은 설명되지 않고, 대신 그 자리에 놓인다. 놓임의 방식이 곧 의미가 된다. 독자가 할 일은 해석의 단정이 아니라, 놓임을 따라가며 시간의 결을 더듬는 일이다.

이와 관련해 '틈'이라는 감각을 짚어 볼 필요가 있다. 갈라진 바닥, 금이 간 벽, 닫히지 않은 우편함, 비상계단. 이 틈들은 단지 이미지의 반복이 아니다. 틈은 완결의 거부이며, 의미가 고정되기 이전의 상태를 유지하는 것이다. 틈이 있다는 것은 세계가 매끈하게 닫히지 않았다는 뜻이고, 닫히지 않았다는 것은 아직 누군가의 숨, 누군가의 부재, 누군가의 흔적이 들어올 여지가 남아 있다는 뜻이다. 이 시집의 윤리는 그 여지를 지키는 데 있다. 미학적 포즈가 아니라, 대상의 존엄을 훼손하지 않기 위한 최소한의 거리감으로 기능한다.

낡은 우체통 하나가
폐가 앞에서 고요히 입을 연다
녹슨 입술 틈으로 햇살이 들고 나면
먼지와 거미줄만 차곡히 앉는다

이미 풀이 무릎까지 차올랐고
백열전구 하나 없이 어두운 처마 밑엔
달력도
전깃줄도
사람 그림자도
없다

우편함은 여전히
있다,
누군가의 이름을 기억하는 듯
붉은 페인트가 벗겨진 모습으로
기다리고
있다

마지막 편지가 언제였는지
집을 떠난 사람은 아직 살아 있는지
편지봉투를 움켜쥐던 손이
세상의 어느 모퉁이를 쓸쓸히 돌고 있는지

때때로 우체부는 집을 지나쳤고
몇 번은 전단지를 꽂고 갔다

그러면 우편함은 조용히 속삭이듯
그 이름은 이곳에 없다고,
이제 없다고 중얼거렸다

이따금 고양이 한 마리 우편함 위로 올라
몸을 동그랗게 말고 잠들기도 했다
그리운 발자국처럼 가만히 머물다
아무 말 없이 떠났다

사라진 이름,
부르던 목소리는 멎고
자리엔 이끼만 자랐지만
우편함은 아직도
입을 다물지 못한다

언젠가
잘못 부쳐진 편지 한 장이라도
낡은 입속에 들어오면
우편함은 한 번 더,
그 이름을 불러 볼 수 있을 것이다

기다림이란
사람이 떠난 후에도 남아

시간의 모든 구석을 물들인다

— 「우편함」

　「우편함」은 거리감이 만들어내는 정서를 잘 보여 준다. 우편함은 더 이상 편지를 받지 않는다. 시가 포착하는 것은 기다림의 관성이다. 사람이 떠난 뒤에도 남는 습관, 몸에 남아 시간을 물들이는 것. 기다림이 미래를 약속하시 않는다는 점이 오히려 중요해진다. 기대가 사라진 자리에서도 어떤 상태는 지속된다. 그러한 지속의 형태를 자주 발견한다. 아주 작은 각도로.

새벽,
그리고 부엌의 불빛

검은 냄비에 물을 붓자
어둠이 서서히 끓어올랐고
하얗게 피어오른 김은
안개 같고
기도 같아

잠든 얼굴들을 덮었다

눈꺼풀을 대신해
타오르는 작은 마음
솥을 붙잡은 손목이
밤새 쌓인 고단함을 꾹 눌러 삼키고서
끝내 떨린다

어머니는
잠과 젊음을 잘라 내어
새날의 국물 속에 넣는 이

굳은살로 굳은 손가락의 떨림이
모두 아침의 일부로 녹아 들어갔다

말없이 건네온 따스함과
작은 부엌의 불빛은
온 집을 넘어
새벽 하늘 끝까지 번져 가고

아침마다 국그릇을 들고
하루를 삼키는 건 아닐지
국물 속에는

별빛이 소금처럼 녹아
번져 있었던 것은 아닐지

몰랐다

국을 들이킬 때마다
밤이 조금씩 사라지고 있었음을
그렇게 흘려보내
가장 깊은 곳에 남아 있었다는 것을

몰랐어야만 했다

— 「새벽」

　2부에서 시의 관심은 돌봄과 관계의 장면으로 이동한다. 「새
벽」에서 어머니는 구원의 주체가 아니다. 그럼에도 삶은 넘어간
다. 넘어가게 하는 힘이 있다. 반복되는 몸이야말로 이 시집이
말하는 위로의 실질에 가깝다. 부엌의 불빛, 끓는 냄비, 떨리는
손목 같은 디테일들이 비장한 감정 없이 놓일수록, 돌봄은 미화
되지 않은 채로 남는다. 미화되지 않은 돌봄은 오히려 설득력이
크다. 시가 감동을 만들기 위해 과장하지 않기 때문이다.

아무도 시선을 주지 않는 틈
곰팡이 핀 좁은 틈에서
조용히 몸을 일으키는 한 줄기

모서리에서
침묵으로 피어나는 풀

무명초

잡초라 부른 자도 있었고
존재마저 잊은 자도 있었으리라

그래도
제 이름도 없이,
자랐다

비에 젖으면 흙에 엉기고
햇빛 아래선 다시 잎을 편다
말 없는 기도처럼
감추고 삼킨 수많은 시간들이
잎맥 하나하나에 숨어 있었던 것처럼

조용히 버텨 온 숨결을 바라봤다

소리 없이 깃발을 흔들었다
누구의 것도 아닌,
단 한 번도 접히지 않은 깃발

아무도 불러 주지 않았기에
사라지지 않고
눈에 띄지 않음으로
더욱 깊이 남은 존재
흙의 기억, 시간의 틈새에서
스스로 싹튼 삶

누구보다 낮은 곳에서
자신을 덜어 내며
무너지지 않는 마음을 배웠나

무명초 앞에 잠시 멈췄다
이름이 없다는 건
기억에서도
쉽게 지워질 수 있다는 뜻

그래서 나는,
내 안에서 한 번
가만히 버틴 흔적을 불러 보았다

살아서 버티는 모든 것에게
이름 하나쯤은 있어야 하니까

그건 정말,
그래야 하니까

— 「무명초」

「무명초」는 이 시집의 윤리를 잘 응축한 작품이다. '무명'은 단
순히 이름이 없다는 뜻을 넘어, 쉽게 지워지는 조건을 뜻한다.
기록되지 않는 것, 불리지 않는 것, 서사의 바깥에서 자라는 것.
화자는 잠시 멈춰 선다. 이름을 새로 부여하기 위해서가 아니
라, 이미 버텨 온 흔적이 더 이상 무시되지 않도록 호명하기 위
해서. 세계의 낮은 곳에서 이미 충분히 견뎌 온 것들 곁에 문학
이 어떤 방식으로 설 수 있는가, 그 질문에 대한 하나의 응답이
기 때문이다.

이 시집의 작품들은 읽는 이가 시의 시간에 같이 머물도록 만
든다. 때로 느리고, 때로 답답해 보일 수도 있다. 그러나 그 느
림이야말로 시인이 선택한 미학이며, 동시에 윤리다. 빨리 결론
을 내리는 순간, 어떤 존재는 더 빠르게 지워진다. 시인은 지워

짐의 속도에 맞서기 위해 언어의 속도를 늦춘다. 말이 가진 폭력성을 의식하면서도 끝내 말을 포기하지 않으려는 태도들이 한 권의 첫 시집을 지탱한다.

첫 시집의 성취는 종종 자기소개의 능숙함에서 판가름 난다. 그러나 이 책은 자기소개보다 자기절제가 먼저 온다. 그 결과, 단정보다 유예를 더 오래 남긴다. 그리고 그 사이에 남는 여백은 독자의 삶과 만나는 자리를 만든다. 말해지지 않았던 것들이 다시 말해지기 시작하는 자리, 지워질 뻔했던 것들이 잠시라도 남아 있게 되는 자리. 박채운 시인의 첫 시집은 그 자리를 마련하는 데에 성공한다.

사랑은 흐르고 사람은 깊어가고

ⓒ 박채운, 2026

초판 1쇄 발행 2026년 3월 5일

지은이   박채운
펴낸이   이기봉
편집   좋은땅 편집팀
펴낸곳   도서출판 좋은땅
주소   서울특별시 마포구 양화로12길 26 지월드빌딩 (서교동 395-7)
전화   02)374-8616~7
팩스   02)374-8614
이메일   gworldbook@naver.com
홈페이지   www.g-world.co.kr

ISBN   979-11-388-5496-2 (03810)